굴 소년들

굴 소년들

이설야 신작 시집

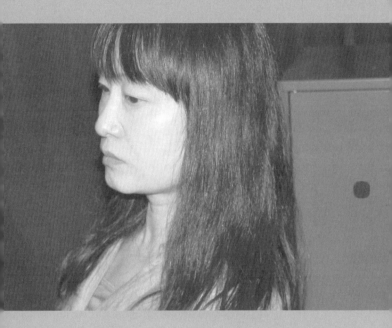

K
POET

아시아

차례

제1부

앵무새를 잃어버린 아이   10

굴 소년들   13

눈사람   17

찢어진 나비 어깨   20

호의   23

레스타벡   27

말들의 감옥   36

눈사람이 되고 싶은 눈송이들   39

내 꿈속의 생나제르   41

개미지옥   44

난민 소녀들—설문조사   47

툰드라 육식조   50

제2부

답동성당이 사라지고 있다   56

(무제)완벽한 연인들   60

어느 달밤 이야기   64

조선인촌 주식회사 소년 직공 김오진   67

화평동 조막손이   70

환승   73

유령거미   75

흉몽과 망집   78

흔들리는 일들   81

안개   84

굴뚝 소년과 까마귀   85

(검은 비가 된) 물고기별   88

그 사이   90

시인노트   93

시인에세이   97

해설   103

이설야에 대해   111

굴 소년들

POET

제1부

앵무새를 잃어버린 아이

아이야.

너에게서 새를 꺼내줄게

너의 입에 갇힌 새를 꺼내줄게

마카우 앵무새를 기르는 집이었지

조흐라 샤는 가사도우미

어린아이를 돌보는 일을 했지

새장 속 값비싼 네 마리의 앵무새

그중에 한 마리가 날아간 건 실수였지

잠시 새장을 열고 먹이를 주었을 뿐인데

순식간에 사라진 새

사라진 세계

파키스탄 소녀 조흐라 샤는 겨우 여덟 살

조그만 손으로 아기 기저귀를 갈고 마당을 빗질했지

몇 푼짜리 동전으로는 평생 구경조차 할 수 없는

마카우 앵무새를 놓쳤다네

구름처럼 흩어진 새의 발자국

어디로 날아갔을까

주인에게 맞다가 뼈가 으깨어졌지

소녀는 새를 삼킨 하늘로 날아갔다네

날개를 펴서 구름다리 위로

커다란 새장 밖으로 날아갔다네

소녀가 살던 작은 마을에는

흰 깃털이 눈발처럼 흩날리고 있었지

새는 천사의 호주머니 속으로 사라졌나
새를 찾아 천국으로 날아간 아이

하지만 천국엔 새가 없지
죽은 새만 있지
신을 찾다가 눈이 먼 죽은 새들
오직 죽어서 가는 새들만 있지

아이야.
새에게서 너를 꺼내줄게
새의 입에 갇힌 너를 꺼내줄게

굴 소년들

한낮의 어둠

하늘 끝자락을 말아 올리던 매캐한 연기

어둠과 어둠이 역사 앞에 내렸지

검은 기차에 실려 강제로 끌려온 어린 소년들

깊은 산속 붉은 물이 흘러내리는 동굴

그들은 동굴 벽에 구멍을 내고 다이너마이트를 설치했지

굴을 파던 소년들 우르르 밖으로 뛰쳐나왔지

폭발음이 들리고 구름 연기가 피어올랐지

동굴 입구까지 돌 먼지가 뿌옇게 밀려 나오면

소년들 다시 들어가 가슴에 돌덩이들을 안고 나왔지

새벽부터 저녁까지 소년들 굴을 팠어

손톱이 빠지면 피가 멈추지 않았지

동굴은 너무 어두워

돌덩이들이 떨어지면 팔다리가 부러지곤 했지

해와 달을 데리고 굴속으로 들어갈 수만 있다면

무거운 돌들이 사라질까

매일매일 정 두드리는 소리에 뼈가 으스러지는 것 같았
지

종유석이 눈물처럼 흘러내리는 부평 지하호*

함께 끌려온 다른 소년들은 조병창**과

* 태평양전쟁 시기에 일제가 조선의 어린 학생들을 강제 동원하여 만든 부평 함
봉산 지하호(토굴)는 현재까지 총 24개가 발견되었다.
** 조병창(일본 육군 조병창)은 일제가 1939년에 만든 군수공장이다.

미쓰비시 제강***으로 흩어졌어

그들은 무기들을 실어와 지하호마다 숨기곤 했지

죽은 소년들 구름처럼 떠돌다

동굴을 발견한 사람들이 말하는 걸 듣고는 했어

붉은 물발자국이 고이고 고인

녹슨 열쇠가 녹아내리는

깊고 깊은 구덩이들

어두운 굴속에 갇힌 오래된 시간의 뼈마디들

소년들 죽어도 죽은 줄도 모르고 계속 굴을 팠어

굳은 제 심장을 팠어

***미쓰비시 제강(三菱製鋼)은 일본 전범 기업으로 군수물자를 만들어 조병창에 공급했다.

죽어도 죽지 않는 소년들

죽어서도 계속 굴만 파는

굴 소년들

눈사람

시커먼 공장 굴뚝 연기를 바라보며

흩날리는 눈발 속에서

오지 않을 너를 기다린다.

눈보라 치는 여러 갈래 길

한참을 지나왔다.

걸으면 걸을수록

점점 커지는 흰 눈덩이들

돌아보면

길이 지워진다.

또 돌아보면

거기 내 발자국 얼어 있다.

가지 부러진 나무에 앉아 있는 눈

바위가 된 눈

나무가 된 눈을

닮으라.

닮으라.

눈은 내린다.

내려 쌓인다.

눈은 내려와

앞을 보지 말라고

내 눈을 지워버린다.

나는 다 지워져

커다란 눈사람이 된다.

내 안에서 죽은 눈들

눈보라로 다시 돌아오는 눈들

아무것도 보지 말라고

눈은

내려온다.

찢어진 나비 어깨

단지 나는 나비의 날개를 찢어 먹었을 뿐인데,

눈을 떠보니 젖은 매트 위에 누워 흘러가는 내가 있었다

시간을 되돌리자

차창 밖을 보고 있는 내가 있었다

구조대가 왔고

사내는 한사코 일어나지 않았다

다시 시간을 한참 더 되돌리자

계단에서 넘어지는 나를 천장 위에서 누군가 보고 있었다

얼굴 대신 어깨가 조각났다

공기가 산산조각 났다

오늘 떨어진 목련 잎이 비를 맞고 있다

울음의 가지를 여럿 꺼내놓고

가늘게 떨고 있는 목련의 어깨

어깨뼈가 겨우 붙었지만

다시는 이전으로 되돌아갈 수 없는 내가 있었다

더 이상 당신과 어깨를 걸 수 없는 내가

웃는 척 웃고 있었다

듣고 싶은 노래만 듣고

보고 싶은 꽃만 보다가

나비의 날개를 놓쳤다

방금 몇 초의 시간 속으로 사라진 나비

되돌아갈 수 없는 날개를 붙들고 있는 내가 있었다

접힌 날개를 다림질하는

기우뚱한 자세를 즐기는

잔디 위에 부러진 뼈들을 가지런히 모으는 내가 있었다

눈을 한번 감았다 천천히 뜨자

내 겨드랑이에서 다시 자라기 시작하는 나비의 날개

생의 비밀들이 깨어나는 아침

호의

매일 물을 주는 내 호의가 저 나무에겐 숨을 끊어내는 고통. 어린 나무숲에겐 쏟아지는 장대비일지도 모르지.

문 닫은 거리 밤의 빛들을 잘게 부수며 오는 고양이들. 무너져가는 건물 뒤편 외벽에 기댄 고양이가 도망가지 않는 건 나를 가까운 종족으로 받아들였거나, 아니면 심하게 다쳤거나,

귀뚜라미도 더듬이를 세워 온갖 소리를 다 받아먹는 저녁. 나의 웃음이 고양이에겐 뇌를 찌르는 고통의 전류. 심장을 찢는 날카로운 칼날일지도 모르지.

나비야, 나비야

밥을 줄게 부드러운 심장을 다오

작고 탐스러운 고양이야

고양이는 내 발자국을 피해, 순식간에 지하 낭떠러지로
사라졌지. 벽 틈으로 간신히 뻗어 나온 손 놓쳤지. 내가
지하창고로 내려갔을 때 고양이는 납작한 구석이 되어가
고 있었지. 나의 호의는 장대비를 몰고 지하로 내려오고
고양이는 고양이가 아닌 무언가가 되어가고 있었지.

지난밤에는 새끼 거미들이 내 집에서 죽어 나갔는데,

내가 만진 나뭇잎들이 비명을 지르며 떨어져 나갔는데,

내가 다시 손전등과 이동가방을 들고 지하로 내려갔을

때 고양이는 사라지고 없었지. 커다란 지하창고는 고양이 몸집처럼 점점 작아지고 나도 고양이만큼 작아지고, 어느 순간 장대비 쏟아지는 숲에 내려 회색 고양이를 뒤쫓고 있었지.

나비야, 나비야

꽃을 줄게 유리구슬을 다오

이리 날아와, 어서 내 노래를 들어다오

얼굴을 닦고 또 닦아도, 닳지 않는 밤의 고양이는 발톱 속에 말을 감추고 있었지. 밤의 마지막 빛들을 잘게 부수고 있었지.

누전된 호의는 비를 맞고 나비의 날개는 축축하게 젖고, 나는 더 이상 내가 아닌 무언가가 되어가고 있었지.

레스타벡*

'내가 무너진다면 생도맹그의 단 하나뿐인

자유의 나무는 쓰러지고 말리라.

그래도 자유의 나무는 다시 살아나

땅속 깊이 수많은 새로운 뿌리들을 내리리니'**

1.

시장에선 채찍이 불티나게 팔리죠.

흑인 소녀와 소년들은 네 살이 넘으면 레스타벡이 되
죠.

---

* 레스타벡(restavek)은 남의 집에 머물면서 일을 돕는 아이라는 뜻으로, '함께
지낸다'는 프랑스어에서 유래했다.
** 아이티 혁명가 루베르튀르가 프랑스로 끌려가며 남긴 마지막 말로, 아이티
학생들이 암송하는 구절이다. (노암 촘스키, 『정복은 계속된다』이후, 2007,
287쪽.)

레스타벡은 아이들을 지옥으로 던진 점령자들의 언어

첫 흑인 노예혁명을 이룬 땅이지만,
가난한 집 아이들은 다른 집 노예가 되죠.

꿈에서도 채찍이 감겨와 푸른 멍 속에서 깨곤 하죠.

2.

거대한 설탕공장이었죠.

오른손은 오른발에

왼손은 왼발에 묶인 채 사탕수수밭에 도착한 흑인 노예

들

깡통 입마개를 한 채 일하죠.

아무리 배가 고파도 사탕수수 한 조각 먹을 수 없죠.

목에 칭칭 감긴 줄 때문에

물고기 한 마리 넘길 수 없는 가마우지처럼

쇠사슬이 목에 채워진 채로.

밤낮으로 손톱이 벗겨지도록 일만 하죠.

곧고 빽빽하던 산과 들판의 나무들도 모두 사라졌죠.

주술에 걸려

일만 하던 할아버지의 할아버지들은

좀비가 되었죠.

영혼까지 사슬에 묶여

무덤 밖을 나와서 사탕수수를 베죠.

죽어서도 일을 벗어나지 못하죠.

3.

아이들은 진흙쿠키를 하루에 한 번, 운이 좋으면 두 번
먹죠.

달콤한 진짜 쿠키는 죽을 때까지 못 먹을 거예요.

곧 지진이 일어날 테니까요.

레스타벡이 되어 무서운 주인과 동거할 테니까요.

진흙쿠키로 자란 아이들은 어른이 되면 유령처럼 세계를 떠돌아요.

밤을 틈타 밤을 넘고 국경을 넘고 넘어도

결국은 자신들의 땅에서처럼 아무것도 가질 수 없죠.

검고 검은 밤들을 연명하죠.

혁명은 신기루처럼

너무 아득해요.

독립은 했지만 백이십이 년 동안 배상금으로 탈탈 털어간,

에펠탑의 하늘은 높고 푸르죠.

풍요롭던 카리브해의 후예들은

가장 가난한 땅을 밟고 살아가는 거죠.

노예의 땅에서 자란 아이들을

다시 노예로 파는

그것은 백인의 신들에게서 배운 기술

4.

콜럼버스가 발견한 에스파뇰라섬은 눈부시게 아름다워
요.

카리브해에 펼쳐진 파도의 노래는 슬픔을 숨기느라 수
평선까지 구름을 피워 올리죠.

가난한 씨앗들 물에 잠겼죠.

5.
흑인 소녀들이 찢어진 영혼을 꿰매는 동안
주인들은 붉은 와인을 마시며 밤마다 축제 하죠.

소녀들 대신 부두 인형이 울어주는 동안
뜨거운 태양도 잠시 파도 속으로 숨어버리죠.

까만 얼굴의 소녀들은 다시 태어나도 레스타벡이 되죠.

그들에게 신을 되돌려주어야 하는데

아직 남아 있는 꿈이 진흙처럼 자꾸만 부서져요.

6.

오늘도 시장에선 채찍이 불타나게 팔리겠죠.

태양을 창조한 신의 이름을 나지막이 부르던

흑인 소녀와 소년들

그림자까지도 채찍에 맞아 찢어지는 밤

죽은 나무 곁에서 살아 있는 나무가 떨고 있는

검은 뿌리들이 서로의 목을 감고 있는

내일이 왔다가 돌아서 가는

말들의 감옥

죽고 싶다는 너의 입 속에는

바위의 넘어진 무릎이 있고

천둥이 쏟아지는 지붕의 공포가 있다

자주 걸려오는 전화처럼

죽겠다는 너의 말은 정말 죽겠다는 것인가?

배 아파 죽겠다는 말

미워 죽겠다는 말

죽고 싶어도 죽지 않는 말들

빗속에서 눈물을 흘리는 나무들

입 속 가득 죽은 나무의 말을 삼킨 새들

죽어도 죽지 않을

그러므로 너무 사랑해 죽겠다는 말은

보고 싶어 죽겠다는 말은

끝까지 하지 말아야 한다

검정 비닐봉지처럼 불확실하게 허공을 채운 말들

회벽에서 흘러내리는 오래된 너의 말은

얼마나 멀리 가는가

말들이 죽어간다

조심하라는 말들 속에

죽지 말라는 말들이 숨어 천천히 죽어간다

마침내

다다른 공포

또 다른 지옥

눈사람이 되고 싶은 눈송이들

나는 매일 몽상의 짐을 싸요 빈 상자들과 가방을 열어 차곡차곡 통조림을 쌓고, 잎이 찢어진 책들만 늘리며 집에는 가지 않아요 학교에도 더 이상 가지 않고요

창문을 들썩거리며 웃던 태양이 저녁별 뒤로 사라질 때까지 내 등을 밀 때까지 지구의 등허리가 휘어질 때까지 나는 집에서도 종종 집을 잃어버려요 태양과 별들, 한때 나무였던 집을 불태우고 파도의 집인 바다를 발끝에 매달고 다녀요

나는 언제나 떠나는 사람 떠나야만 하는 사람 구름이 눈이 될 때까지 걷고 또 걷는 사람 눈송이가 되어 아무 데나 내리고 싶은 사람 다음 정거장 또 다음 정거장 어디에

도 없는 당신을 만나러 가요

　살얼음 낀 거울을 닦으며 나는 빙하의 계절을 살죠 그
러다가 얼음처럼 쨍그랑 깨져버리는 눈이 펑펑 내리는 사
람 흩날리는 눈송이들과 함께 눈사람 되어 흰 그림자를
쫓는 나는 눈 위에 찍힌 발자국들의 밤을 헤매요

내 꿈속의 생나제르

생나제르에 갔을 때, 당신이 처음 한 일은 내게 편지를 보내는 것이었지. 그러나 그 편지는 당신과 내가 헤어진 후에야 나에게 도착했지. 나는 그 편지를 받자마자 당신에게 다시 돌려보냈어.

수많은 일요일을 보내고, 사월의 물고기들이 반짝거리던 날이었나. 당신을 찾아 생나제르에 갔을 때, 당신은 지상에 없는 듯 도무지 찾을 수 없었지. 그곳 사람들의 말은 전혀 알아들을 수가 없었어. 나는 낯선 나라의 생활을 수집하면서 당신의 요일들을 지워나갔지. 더 이상 내가 아닌 나이기를 꿈속에서도 꿈을 꾸었지

꿈마다 유물이 가득했지. 아침이면 청동거울을 관 속에

넣고 있는 안개의 발목을 잡곤 했지. 유물 속에서 당신이
된 나를 발굴했지. 오클라.

오클라. 망명자들의 기록부를 잘 보라구!

이제 곧 아침이 밝아오면 모두가 여기서 떠날 테니까

꿈 밖으로 뛰쳐나갈 테니까

오클라. 난 당신이 누군지도 몰라.

내 꿈속에서 당장 나가줘!

이 안개들,

오클라, 잠깐만!

내 꿈속에서 나가기 전에 나를 먼저 꺼내줘!

저 희뿌연 유리창 좀 어서 깨줘!

나는 당신의 꿈속에서 간신히 빠져나와

지금 당신의 꿈 밖에 서 있다.

개미지옥

공사장 하수도관을 들락거리며 숨바꼭질하던
사내아이들
모래산 구석에 모여 개미지옥을 만든다

깊게 구덩이를 판 후 신문지를 덫처럼 펼쳐놓고
모래알을 붓자
감쪽같이 길이 이어졌다
길이 아닌 길이 만들어졌다

꿀을 날라다 줄 벗이면서 적인 개미 한 마리
모래알 속으로 사라졌다
내일을 알 수 없는 그림자들이 운집하는 땅바닥
비가 내리면 개미지옥은 사라질 것이다

알 수 없는 지옥

더 알 수 없는 천국

저기, 개미 얼굴을 한 아이가

걸어온다. 어서 숨어라

바람아 한 아이가

빠졌다.

빠져나오려 할수록 더욱 빨려 들어가는 개미지옥

지옥에서는 지옥을 모른다

지옥만 반복될 뿐

검은 신문을 뒤집어쓰고

더 더러워진 사내아이들

모래산 밖으로 뛰쳐나갔다

바람아

어서 숨어라

개미귀신이 기다리고 있는 개미지옥으로

재를 삼킨

한 아이가 빠졌다

난민 소녀들
― 설문조사

반은 비가 오고

반은 해가 뜨던

그런 한낮을 지나는 중이었는데

난민단체 자원봉사자가 스티커를 내밀었다.

"이 아이들처럼 전쟁이나 재난을 당했을 때, 가장 필요
한 것은 무엇일까요?"

나는 주저하다가 식량과 물이라 적힌 설문조사 칸에 스
티커를 붙였다.

자원봉사자는 내게 틀렸다며

닳고 닳은 서류철을 펼쳐 보였다.

아프리카나 그보다 더 먼 나라

난민 아이들이 모여 있는 천막이 보였다.

이렇게 어린아이들이 최악의 환경에서 살고 있는데

어떤 아이는 아이를 낳기도 한다고,

아이가 아이를 낳는 곳

그곳에서 여권이나 식량보다도 더 절박한 건 천막이라

고,

아무것도 안 보이는 장막

국경을 바라보는

자원봉사자와 나 사이에 무언가 있다.

작은 천막 안에 빼곡하게 앉은 검은 아이들이

이쪽을 향해 마른 눈빛을 보내고 있다.

어느 먼 경계에서 자꾸만 말을 거는 아이들

절박한 빛이 넘어오는 국경

저쪽 천막은 까마득한 고통의 전시장

반은 무음이고

반은 울음인

검은 아이들과 나 사이에 무언가 있다.

툰드라 육식조

검은 아스팔트와 시멘트 사이에 핀 꽃들을 따라

나는 문 닫은 거리를 걸어요

그 끝에서 만나는 사람

누구에게나 인사해요

얼굴의 반을 가린 채

커다란 툰드라 육식조처럼 눈만 보여주는 자세로 걸어

요

눈은 입이 되었어요

입은 막막한 심장

이 도시에서 새들은 몸을 숨길만큼만 자라나요?

'이 새는 북극 툰드라가 서식지로, 극지방 기온에 완벽

하게 적응했습니다. 날개를 펼치면 1.5배나 되니 가장 큰

육식조인 것도 당연합니다.”

바탕화면 가득 날아가는 툰드라 육식조

그래요 당연한 날개

당연한 완벽

나는 완벽하게 이 세계의 기후와 슬픔에 적응했어요

나무 없는 땅

툰드라의 입 다문 동토 위로 눈이 내려요

내리는 눈에는 새의 눈물과 피가 섞여 있어요

비닐을 뒤집어쓴 채

육식조처럼 날개를 다 펼쳐 날고 싶어요

열대야의 꿈속을 날다가

얼음 속에 갇혀버린 새소리를 듣는 밤

비에도 완벽하게

이 세계의 절박한 거짓에 적응하는 눈신토끼와 뭇별들

이젠 더 이상 자라지 않기로 해요

바위보다 느린 사향소처럼

이끼 먹은 순록의 눈동자처럼

뭉개진 꽃들을 따라

다시 돌아오는 길

누구에게나 눈으로만 인사를 해요

얼굴이 녹아 흘러내려도

눈만 보여주는 자세로

제2부

답동성당이 사라지고 있다

답동성당을 오른쪽에 두고 산책한다.

내가 걷는 대로 조금씩 움직이는 거리

달은 첨탑에 찔리면서도 나를 계속 쫓아온다.

복화술사의 손에 들린 인형처럼

성당의 반이 공중에 들려 있다.

그렇게 보이는 건

그렇게 보이지 않는 것들의

뒤집힌 세계

관광자원화 공사 중인

포클레인이 집게발로

성당의 그림자를 파먹고 있다.

어두운 자궁 같은 돔

해 질 녘 물결을 이루다가 종탑으로 날아들던 박쥐들

그 아래에서 종지기를 하던 늙은 소년을 안다.

언젠가

늙은 소년이 보여준 사진엔

성당이 물에 빠져 허우적거리고 있었다.

저 성당을 건져낼 신은 달 뒤에 숨었나?

웅덩이에서 나를 건져준 건 생선 비린내 나는 말

답동성당의 나머지 반을 찾아 걷는다.

달처럼 가로등도 나를 쫓아온다.

성당에 도착해 잠긴 문을 열자
성당 안에 똑같은 성당이 있었다.
또 문을 열고 들어가자 계속 성당이 나타났다.
나는 놀라서 황급히 그곳을 빠져나왔다.

내가 걷는 대로 성당 벽이 움직이다가
왼쪽으로 가면 오른쪽이 사라지고
오른쪽으로 가면 왼쪽이 사라졌다.

나는 내 그림자를 얼른 집어 들고
성당보다 더 높은 둔덕으로 올라갔다.

가로등 불빛에 웃자란

내 그림자를 길게 늘어뜨리고 그 옆에 누웠다.

그때, 대성당의 거대한 돔이 열리고

오르골처럼 그 안에서

포클레인 몇 대가 춤을 추고 있었다.

(무제)완벽한 연인들*

*시계를 두려워하지 말아요***

당신과 나의 비밀이 저장된 방에는

먼지와 빛으로 만든 시계가 걸려 있습니다

우리는

서로 다른 시간을 가졌지만 같은 시간을 지나왔죠

시간은 밤의 소용돌이를 지나 낮달처럼 고요히 흘러가

요

그걸 알아버린 건

* 쿠바 출생인 펠릭스 곤잘레스-토레스(Félix González-Torres, 1957~1996)
는 뉴욕에서 활동했던 개념미술가이다. 이민자이자 성소수자였던 곤잘레스-토
레스가 연인 로스 레이콕(Ross Laycock)을 위해 만든 작품이다.
** 1988년 펠렉스 곤잘레스 토레스가 에이즈에 걸린 연인 로스 레이콕에게
보낸 편지의 한 구절

당신의 죽음 때문이죠

당신의 시간에 나를 맞춰놓습니다

두 개의 시계

두 개의 시간

당신과 나의 시간을 미술관에 걸어두고 온

밤은 수많은 기척들로 빛났지만,

죽음의 환승역

두 개의 시간은

결국 만날 수 없는 시간

감출 수 없는

날짜 하나가 지나갈 듯 지나가지 않고

시곗바늘은 서로의 멈춘 그림자를 밟고

빙벽에 갇혀 있습니다

당신과 나의 비밀이 저장된 방에는

먼지와 빛으로 만든 시계가 걸려 있습니다

달의 빛 속으로 우리의 시간은 함께 흘러가요

그러니 시계를 두려워하지 말아요

어느 달밤 이야기*

형부가 밤마다 방문을 두드렸어

수백 년 전 오늘 정글 속 원숭이가 고타마 붓다에게 꿀

을 바쳤지

우린 더 나빠지고 있어

하루하루가 바늘을 삼킨 것 같아

슬플 땐 옥상에 올라갔지

하늘과 땅 사이에 모든 것들이 지붕처럼 날아갔어

* 방글라데시 작가 샤힌 아크타르의 단편 「어느 달밤 이야기」(제3회 아시아문
학페스티벌 참여 작품)에서 주인공들의 대사를 일부 차용했다. 작가는 2000년
12월 도쿄 여성국제전범 법정에 참석하여 '위안부'라는 이름으로 일제의 만행
에 희생당했던 서른다섯 분들의 증언을 듣게 된다. 그 증언들은 1971년 독립전
쟁 중에 파키스탄 군인들이 방글라데시 여성들에게 저지른 만행과 다르지 않다
는 것을 알게 해 주었고, 이후 비랑가나가 된 여성들의 고통을 작품으로 그려내
고 있다.

우리는 어쩌다 비랑가나**가 되었지

하늘이 오래전 우리를 버렸어

우린 영혼도 없고 천국에도 갈 수 없다며?

달이 점점 커지고 있어

저 그림자들은 뭐야?

소녀들 그림자를 질질 끌고 가는 무시무시한 행렬들

달빛도 우리를 밟고 도망치네

별들도 창문에서 뛰어내리네

** 1971년 방글라데시 독립전쟁에서 적군인 파키스탄군에 끌려가 '군 위안부'
가 된 여성들에게 붙여진 호칭이다. 당시 20만 명의 여성들이 강간과 고문, 학
대를 당했다.

저 새는 심장을 도려낸 박제지

군홧발들이 밟고 지나간 거리, 거리들

가슴에 찍힌 붉은 발자국들

우린 죽어서도 안 돼!

장례조차 치를 수 없으니까,

침묵하는 거울들

침묵을 깬 거울들

조선인촌 주식회사* 소년 직공 김오진

별이 빛나지 않는 밤

소년은 인(燐)을 삼켰지

떨리는 손으로 한 움큼 삼켜버렸어

목구멍이 녹아내리고 심장이 타버렸지

영혼마저 녹아내려 집으로 돌아갈 수도 없었지

어린 소년과 소녀들이 성냥의 둥근 머리를 붙이다가 죽

어간 공장

브라이언트 앤 메이에 다녔던 영국 소녀들처럼

아래턱이 괴사되진 않았지만

* 1917년 인천 동구 금곡동(당시 금곡리)에 일본인이 세운 한국 최초의 성냥공
장으로 열악한 근무환경으로 파업이 자주 일어났다.

심장이 점점 괴사되었지

영혼의 잔털들 모두 빠져버렸어

성냥 머리에 독한 인을 담그면 영혼에도 불이 깜박 들
어왔다 나갔지

그들이 우리를 공장 밖으로 던져버리기 전에

더 험악한 곳으로 보내기 전에

공장 밑바닥을 굴러다니는 부러진 성냥개비들로 불을
일으키고 싶은데

우리는 나무껍질처럼 얇아지고

그들은 매일 전쟁 중이라 숟가락조차 우리 것이 아니었
지

소년 직공 김오진은 성냥개비처럼 점점 더 얇아졌어

마지막 남은 성냥 하나를 심장에 그었지

별이 빛나지 않는 밤

밤만 계속되는 밤

소년은 밤의 숨구멍을 뚫고 빠져나갔지

화평동 조막손이

어떤 밤은 그렇게 어둡지는 않아요

너무 놀라면 하얗게 밤들도 질리니까요

가토(加藤)라는 사내였어요

그는 오른손에 손가락 두 마디만 있는 조막손이

매일 낮 12시를 알려 주던 자명종 같은 오포수*

관측소에서 대포를 쏘던 일본인이었죠

그날은 줄을 당겨도 대포가 꿈적 안 했어요

빨리 12시, 정오를 알려야 하는데

　　　　12시는 숨이 넘어가고

　　　　12시가 아니면 안 되는데

* 1906년 인천 관측소에서는 정오를 알리기 위해 구식 대포를 설치하고 오포를 쏘았다. 당시 오포(午砲)를 쏘던 사람을 오포수(午砲手)라고 했다.

정오는 희망을 밟고 지나가버렸죠

다급한 가토는 대포를 꼬챙이로 쑤시기도 하고

자귀향도 두들겨 보았지요**

그때 번개 치듯 대포가 펑! 터진 거예요

하늘에서 돌멩이들이 비처럼 떨어지는 것 같아

그가 정신을 차렸을 때는 이미

손가락이 여덟 개나 타버렸지요

없는 손가락 위로 자꾸만 빗물이 흘러내렸죠

어느 날, 그는 보상금으로 전당포를 차려 고리대금업자

가 되었죠

** 고일의 『인천석금』 영인본 참고

사라진 손가락을 찾듯

조막만 한 뭉치 손으로

조선인들 장롱 속에서 가쁜 숨을 내쉬던 집문서를 빼앗
았죠

빽빽하게 자란 절망의 잎맥이 지문처럼 찍힌 보자기들

그 속에서 눈물을 훔쳐다가 모래알을 만들었죠

백색의 슬픔들이 저당 잡힌 전당포를 매일 모래알로 짓
고 허물었죠

어떤 밤은 그렇게 어둡지는 않아요

너무 놀라면 하얗게 밤들도 질리니까요

환승

안갯속에서 물고기 비늘이 반짝이다 사라진다

회송열차가 들어오고

문이 열리자

바람이 그림자 하나를 데리고 탑승한다

그림자는 점점 무너져 내려앉고,

바닥은 물비린내 나는 흥건한 웅덩이가 된다

기울어지는 그림자

깊어지는 웅덩이

그림자가 빠져 허우적거리다 멈춘다

바람이 다시 망각이라는 열차를 타고

밤을 이어 달린다

유령거미

언니

나 죽은 거야?

응, 죽었어

언니

나 정말 죽은 거 맞지?

응, 내가 화장도 시켜 줬잖아

수골실에서 흰 가루가 되는 것도 봤어

백항아리가 이제 너의 새집이야

언니

나, 배가 아파서 죽을 것 같아!

너 맨날 죽을 거 같다고 하더니 진짜 죽었잖아

더 이상 안 죽을 거야

언니, 그날은 달빛이 너무 밝았어

달빛인지 파도인지 뒤척이는데 너무 아름답잖아

아름다운 건 취하는 거니까

새벽까지 또 마셨지

그런데 내가 갑자기 사라진 거야

분명히 언니가 사준 신발을 신고 있었는데 말이야.

말소된 주소

창을 빌려

유령거미가 밤을 다시 짜고 있다

파도처럼 넘실거리면서

끊어질 듯 이어가며

바람의 파도를 타면서

딱딱하게 굳은

뒷모습만 보여주면서

흉몽과 망집

붉은 문을 열자, 소가 벽에 걸려 있었다

단추를 푼 옷처럼 너덜너덜한 머리 잘린 소

축축한 선지가 대야 속에서 굳어갔다

상처의 속을 다 헤집어 꺼내놓고

소라고 부르고 있는 입들

소가 된 입들

천장 위에 매달린 붉은 등이 흔들린다

하얀 비계를 떼어내고 뼈에서 살을 분리하며

함께 소가 되어가는 일

자꾸 되살아나는 망집을

파놓은 구덩이 속으로 밀어 넣으며

버리고 또 버리는 일

죽은 자 앞에서 염을 하듯 노련한 여자

얼굴 반쪽을 뒤덮고

목을 조르며 정수리까지 올라가는 넝쿨식물 같은

푸른 멍을 보았다

자신의 멍 속으로 걸어 들어간 여자

멍이 되어버린 여자

붉은 등이 벽에서 벽으로 번져가고

도마 위에서 모두가 고요해진 순간

꿈 밖으로 뛰쳐나온 여자는

드디어

소의 그림자까지 자를 수 있었다

피 묻은 입과

떨리는 손으로

아주

잠깐

흔들리는 일들

긴 머리를 풀어헤친 노숙자가 문 닫은 전파상 앞에서
자고 있다

동네를 한 바퀴 돌다가 혜명 단청박물관 앞에서

*이건 개인이 하는 박물관이야*라고 그에게 말하고 있을
때

쭈그려 앉아 있던 여자가 검은 손을 내밀었다

동전 몇 개만 주세요?

나는 지폐도 좀 있었지만, 동전만 달라고 했으니까

동전만 주고 돌아서 걸으면서 후회했다

돌아갈까?

그러면 여자는 더 슬프지 않을까?

이런 일들은 나를 늘 흔들리게 한다

동생이 또 돈을 보내라고 했다

화가 난다, 화 앞에서 나는 흔들린다

왜 그렇게 살아? 일 안 할 거야?

곧 죽을 너에게 그런 말을 했었다

사망자 수와 실업자 수가 전광판을 지나가는 오후

내가 뱉은 말에 내가 찔린다

늪이 되어 푹푹 빠진다

모든 슬픔은 공중에 뿌리를 내리면서 자란다

버려진 모든 길은

다 너와 같아서

나의 뿌리는 공중에 물구나무를 선 채로 자란다

흔들리지 않을 만큼만

흔들리면서

그 흔들림으로 살아간다

안개

애야, 갈대밭에 가지 마라.

갈꽃 흰머리 날리면, 눈 찔릴라.

(차라리 안 보이면 좋겠어요)

갈대밭 속으로 들어가면 널 찾을 수 없단다.

(찾지 말아요! 귀밑머리도, 발뒤꿈치도 다 잘라버릴 거예요)

굴뚝 소년과 까마귀

어머니가 돌아가셨을 적에 나는 아주 어렸고,

아버지가 나를 팔았을 적에 내 혓바닥은

울음소리나 낼까 말까 했어요

그래서 나는 굴뚝을 쓸며, 검정 속에서 잠자지요.

— W.블레이크, 「굴뚝 청소를 하는 아이」* 중에서

내가 굴뚝에 들어갔을 때

검은 까마귀가 따라 들어왔어요

내 얼굴에 올라타 비웃었지요

애! 너 얼굴이 그게 뭐니?

* 윌리엄 블레이크, 『천국과 지옥의 결혼』, 김종철 엮음, 민음사, 1990.

불길한 먹구름이 가득하구나

까마귀는 까악까악 울면서
내 빈 호주머니를 뒤지다가
낡은 가방 속으로 들어갔죠

애! 이건 뭐니?
성냥이 다 젖었잖니
구름 인형은 또 뭐고

굴뚝 청소는 하기 싫어요
숯검정 속에서 재가 될 것 같아요
꿈에 죽은 동생의 얼굴을 봤어요

나보다 어린 굴뚝 소년들과 함께

검은 상자 안에 갇혀 있었죠**

깜깜한 벼랑의 끝과 끝

새가 들어와 타죽기도 하는 굴뚝

얘! 새가 죽었잖니?

어서 솔로 재를 치우지 않고!

나도, 학교에 가고 싶어요

굴뚝나비와 함께

** 위의 윌리엄 블레이크 시를 변주함.

(검은 비가 된) 물고기별

별들은

멀리서 차갑게 빛나지

누가 우는지 보느라

별들은

깜박이지

깜박이다가 같이 울지

우느라 아침이 오는 것도 잊지

차가운 바닷속으로 함께 가라앉지

붉은 해가 솟아오르기 전에

깊이 가라앉아

물고기별이 되지

함께 구조되지 못하지

물고기가 된 아이들 눈 속으로 들어가

함께 눈물을 흘리지

찢어진 지느러미들

물에 상처를 문지르지

물의 상처가 되지

검은 비가 되어

함께 수장되지

그 사이

고목나무는 고목나무 사이를

빗줄기는 빗줄기 사이를

사랑하지 않는 밤

구름과 구름 사이

달그림자는 지쳐 길 위에 눕고

웅덩이와 모서리

이마와 발목

그림자와 재

우린 서로 모르는 사이

모두 지우며 가는

번개가 개미의 눈을 밟고 지나가는

시간이

우리를 대신 살고 있는

그 사이

첫 시집 『우리는 좀더 어두워지기로 했네』는 인천의 후미지고 축축한 골목에 사는 사람들의 이야기가 많이 나온다. 나에게 인천은 언제나 벗어나고픈, 견디기 힘든 애증의 장소였다. 그러나 그 견딜 수 없음이 나를 시인의 길로 이끌었다.

이번 시집에서는 장소만 바뀌었을 뿐, 세계 곳곳의 어두운 골목에 사는 소녀, 소년들의 이야기가 담겨 있다. 그들의 목소리가 내 안에서 자꾸만 흘러넘쳐 어쩔 수 없이 받아 적었다.

물에 잠긴 가난한 씨앗들,

벼랑으로 미끄러지는 비명들,

어쩔 수 없다.

쓰는 수밖에,

시인
에세이

나의 자라나는 상자들

1.

어느 날, 내가 사는 개항장 일대를 산책하는 중이었다. 햇빛 한가운데를 걷고 있었다. 천둥이 치고 갑자기 비가 쏟아졌다. 해가 사라졌다가 다시 빗속으로 들어와 반짝이면서 바닥에서 젖고 있었다. 해가 조금씩 죽어가던 한낮의 거리에서, 난민단체 자원봉사자가 설문조사를 해달라며 다가왔다.

"이 아이들처럼 전쟁이나 재난을 당했을 때, 가장 필요한 것은 무엇일까요?"

나는 망설이다가 식량이나 물이라고 말했고, 자원봉사자는 사진을 보여주며 난민 소녀들에게 가장 필요한 것은 식량이나 물이 아니라 천막이라고 했다. 아이가 아이를 낳기도 한다고 했다. 그날 이후 검은 아이들의 검은 눈동자가 나를 계속 따라다녔다.

  반은 무음이고
  반은 울음인
  검은 아이들과 나 사이에 무언가 있다. (「난민 소녀들-
설문조사」 중에서

  나에게 시는 그 '무언가'를 찾는 일이다. 모서리와
웅덩이 사이, 웃는 사람과 우는 사람 사이, 야만과 비
참 사이에 있는 그 '무언가'가 나를 찾아와 자꾸 흔들
어 깨운다. 아직 이름을 얻지 못한 눈물들이 나의 문지
방을 넘어 내 잠 속의 꿈들을 적신다.

  빗속에서 반짝이다가 사라진 햇빛 같은, 말로 다 할
수 없는 그 '무언가'는 내 손으로 만져질 정도로 물컹
거리다가, 투명해져서 이내 사라지기도 한다. 세상과
삐거덕거리며 내가 던지는 질문들은 어느 날은 시가
되기도 하고, 어느 날은 시가 되지 못해 벼랑으로 떨어
진다.

2.

이 세계는 거대한 상자 같다. 매일 짓고 부수는 상자. 사람들은 각자가 만든 상자에 갇혀 산다. 각각의 상자 모양은 내면의 계곡에 따라 다르다. 나의 상자는 매일매일 달라진다. 어제 다르고 내일도 다를 것이다. 오늘은 여섯 개의 벽을 두른 상자에 갇혀 있다. 벽면을 하나씩 밀면 물고기별, 툰드라 육식조, 마카우 앵무새, 개미지옥, 천막 등이 튀어나온다. 벽 구석에는 누수된 수도꼭지처럼 흘러내리는 익명의 눈물들을 담고 있는 물통이 하나 있다.

상자 안은 점점 커져서 사향소 한 마리도 거뜬히 들어온다. 어느 날은 답동성당이 들어와 있었다. 성당의 돔이 열리고 그 안에서 오르골처럼 춤을 추고 있는 포클레인. 내 상자는 대성당까지 담을 만큼 점점 커지고 있었다. 또 어느 날은 번개가 상자 위로 내리쳐, 수만 마리의 개미들이 머릿속으로 들어와 와글와글거렸다.

상자 안에서 그들(그것들)은 한 덩어리가 되기도 하고, 먼지처럼 작게 부서지기도 했다. 아직 이름을 얻지 못한 눈물들이 물통에서 넘치기도 했다.

나무처럼 잎사귀를 많이 달고 있는 말들
고목처럼 아무것도 달고 있지 않는 말들

내 상자 안에서 계속 자라나는 말들과 시계를 삼킨 질문들은 너무 멀리 갔다가 돌아오기도 한다. 내일은 어떤 상자가 내 앞에 나타날지 모르겠지만, 또 어떤 눈물들이 물통에 떨어질지 알 수 없지만,

지금 나에게는 문장을 담을 더 많은 상자들이 필요하다.

해설

이 편지는 바로
당신을 위한 것이기도 합니다.

송종원 (문학평론가)

이설야 시인의 시를 읽는 일은 시인이 일구어놓은 마음의 밭을 거니는 일과 다르지 않다. 거닌다고 표현했다고 해서 어딘가 여유롭고 한가로운 공간을 체험한다고 예상해서는 곤란하다. 시인의 밭에는 세상의 고통이 곳곳에 심겨져 있으며, 밭의 경계는 늘 편하게 일구기 어려운 잡목과 돌들로 가득하다. 시인이 일궈놓은 마음의 밭을 들여다보면 이설야는 세상에 퍼져 있는 고통을 돌보는 일이 자신을 돌보는 일과 다르지 않다고 여기는 시인이며 내가 어디까지 나일 수 있는지를 되묻는 작업을 끊임없이 시도하는 시인이다. 자신의 경계를 되묻는 작업은 시인이 단순히 자신의 정체를 확인하는 차원의 일이 아니다. 그것은 내가 이 세계에 어떻게 좀더 올바르게 존재할 것인가를 살피는 일이기도 하다. 그래서 이 시인의 시는 '너도 나이다'라고 말하며, '나는 나 바깥을 감싸 안아야만 비로소 나이다'라고도 노래한다. 나의 바깥과 너는 나와 동등하게 절대적인 존재들이지만 현실의 정치경제는 차별받고 억압받고 착취당하는 너들을 만들어낸다. 이설야의 시가 '너도 나이다'라고 말할 때 이 '너'는 저 약자들이다.

내가 보는 것은 내가 살아가는 삶을 기반으로 한다. 이 말은 내가 보는 것이 얼마나 협소한가를 묻는 질문이 될 수도 있다. 「난민 소녀들 – 설문조사」에서 이설야는 이 질문을 아프게 묻는다. 전쟁이나 재난 속에서 난민과 같은 상황에 이른 아이들에게 필요한 것은 무엇일까. 아마도 누구나 시인처럼 식량과 물이 생존에 가장 필수적이라고 여기기 쉬울 것이다. 그런데 실제로 아이들에게 절박하게 필요한 것은 천막이다. 햇빛을 피할 그늘조차 절박한 삶, 아이를 낳기에는 아직 이른 어린 생명이 아이를 낳는 처지에 놓이고 출산의 과정에서 산모와 아이가 안전하게 태어나게 하기 위해 필요한 가림막조차 제공받지 못하는 고통스러운 삶이 우리가 사는 세계의 도처에서 자리하는 것이 현실이다. 시인은 이 상황에서 어떤 장막을 본다. 나의 시선이 미치지 못하는 삶 혹은 나의 삶으로부터는 도무지 상상되지 못하는 곳. 장막 너머의 그곳에 가닿기 위해 시인은 자기 바깥으로 빠져나와 볼 수 있는 자리를 살핀다. 그래서 이 시인의 시에는 국경 너머의 사람들의 고난에 관심을 두고, 시간의 저편에서 고통 받았던 사람의 모습에도 시선을 두는 모습이 펼쳐진다.

그런데 시인은 왜 자신의 삶 바깥을 바라보려 하고 그것을 걱정하며 또 돌보는가. 이설야의 시는 우리에게 이런 문제를 고민하게 만든다. 도덕적 당위를 답으로 말할 수도 있다. 아마도 시인은 우리가 홀로 사는 존재가 아니라 여럿이 같이 사는 존재라는 점을 예민하게 감각하기 때문일 것이다. 시인은 자신이 관계 속에서 무수히 많은 영향을 주고받는 사실을 섬세하게 감지하는 자이다. 나는 나의 의도 이상으로 세상에 영향을 미치며, 세상 또한 나에게 무수히 많은 힘을 전한다. 이 관계가 늘 무난한 것은 아니다. 가령 이번 시집에 실린 「호의」는 이를 잘 보여준다. 어떤 호의를 가지고 행위를 한다 해도 그 행위가 의도처럼 좋은 결과를 보장해주지 않는다는 점을 시인은 안다. 그렇기 때문에 더더욱 나의 행위는 나 바깥을 바라보며 행하게 되고, 나의 생각 또한 나 너머를 동반해야 한다. 물론 시인의 이러한 행위와 생각 역시 호의를 가진 행위이고 생각일 수 있다. 그 결과가 항상 산뜻하게 좋은 결과로 이어지지 않을 수도 있다는 의미이다. 하지만 결과를 예측하는 일이 불가능하다고 하여 지금의 곧은 생각과 행위의 가치가 무색해지는 것은 또 아니다. 하지만 이런 답변만으로는 부족한 데가 있는 것도 사실이다.

이설야는 연대하고 서로를 돌보는 삶 속에 자리하는 생의 기쁨과 비밀스러움에 매혹을 느끼는 시인이기도 하다. 우리는 누구에게나 무심한 존재일 수도 있고 또 상처를 주는 존재일 수도 있다는 말은 거꾸로 생각하면 시인이 시에 적은 표현처럼 '누구에게나 인사'를 건넬 수 있는 존재들이기도 하다. 인사를 건네고 손을 잡고 서로의 고통에 반응하고 위로하는 눈빛을 건네는 동안 우리는 각자의 감옥에서 풀려나는 해방을 맞는다. 이설야의 시에는 이 순간적 해방의 감각이 하얀 '눈송이'처럼 그려진다. 그것은 극히 순간적이고 또 쉽사리 소멸되는 이미지이기는 하지만 시인의 언어는 그것을 통해 눈사람을 빚고 또 기다림을 빚는다. 그래서 이설야 시인은 또한 견디고 기다리는 사람이기도 하다. 우리가 사는 세계는 매끄럽게 이어진 세계가 아니라 어딘가 어긋난 세계이다. 원하는 꿈은 매번 원하는 사람의 기대를 빗겨나가고 어떤 이해나 소통은 또 매번 제때 이루어지는 것이 아니라 늦게 이루어진다. 마치 어긋난 뼈마디처럼 어긋난 세계는 우리에게 고통을 선사한다. 하지만 시인은 어긋남을 비극과 결론으로 해석하지 않는다. 이설야에게 어긋남의 세계는 새로운 생성이 발생할 수 있는 조건이다. 그래서 시인은 늦게 수신될 수도 있는 혹은 수취인이 불분명할 수도 있는 시를 편지처럼 세상에 띄운다. 그리고 세상에 던져진 시로부터 새로운 시간이 열린다. 시인은 꿈꿀 것이다. 자신의 시로 누군가 세계를 새롭게 해석하고 자신의 시로 누군가 세상을 다르게 살 수 있기를. 새로운 시간이 그렇게 열린다. 덧붙여 저 누군가의 자리는 모두를 위한 자리라는 점도 짚어야겠다. 모두를 위한 자리가 아니라 특정한 누군가만을 위하고 차별을 빚는 자리라면 그 자리는 새로운 시간과는 무관한 의미 없는 자리이라고 시인은 생각할 것이다.

이설야에
대해

『우리는 좀더 어두워지기로 했네』는 70-80년대 리얼리즘의 근본 정서일 수밖에 없을 민중적 삶의 애환과 수난과 비극의 에피소드들을 이미지 지력선의 중핵으로 삼고 있기에 그것의 충실한 계승자인 동시에, 동화적 판타지로 둘러싸인 모티프들을 과감하게 도입함으로써 그것에서 멀찌감치 날아오르려는 탈주자의 면모를 함께 품는다.

이찬, 「몸들의 교향악적 리듬」, 『계간 서정시학』, 2017.

오래 매만진 시들이 자칫 투명성을 잃고 탁해질 수도 있으나, 오히려 긴 시간 정제 과정을 겪어온 듯이 물속에서 다듬어진 조약돌처럼 단단하고 맑다. 세기말의 그 음산하고 무거운 정서로부터 벗어나고 싶어 했지만, 언어유희와 자폐적 시 쓰기가 현실적 하중에 무력하고 무책임했다면, 이설야의 시는 현실에 대한 직시가 전면적이다. 그의 시가 자주 길을 잃어버린 듯이 보이는 것은 바로 이 출구 없는 현실에 함몰되어 빠져나오지 못할 것처럼 보이기 때문이다. 역설적이게도 시인의 미덕은 바로 이 지점에 있다고 본다. 스스로 헤어나지 못할 지경에 이르더라도 눈앞의 현실을 회피하지 않겠다는 태도다. 이것은 우회적 출구에 눈 돌리지 않고 극점에서 자신만의 출구를 찾는 방법이다. 그 방법이 무모하지 않다는 것을 그의 시적 성과가 잘 말해주고 있다.

김사인 · 백무산, '제1회 고산문학대상 신인상' 심사평 중에서

여전히 지속되는 폭압적인 사회구조와 인간소외라는 현실과의 싸움을 적극 수행한다는 점에서 이설야는 리얼리즘의 후광을 받고 있다. 동시에, 상처받은 내면을 자신만의 언어로 닦아세워 치유하려 한다는 점에서 모더니즘에 뒷배를 대고 있다. 이와 같은 특성을 가졌으므로 나는 이설야를, 태생적인 '융합적 리얼리스트'이며 숙성된 시인이라 일컫고자 하는 것이다.

정우영, 「좀더 어두워지기로 한 시대의 해원」, 『계간 문학들』, 2017.

K-포엣
굴 소년들

2021년 9월 30일 초판 1쇄 발행

지은이 이설야
펴낸이 김재범
인쇄·제책 굿에그커뮤니케이션
종이 한솔PNS
펴낸곳 (주)아시아
출판등록 2006년 1월 27일 제406-2006-000004호
주소 경기도 파주시 회동길 445
전화 031.955.7958
팩스 031.955.7956
홈페이지 www.bookasia.org
이메일 bookasia@hanmail.net

ISBN 979-11-5662-317-5 (set) | 979-11-5662-565-0 (04810)

값은 뒤표지에 있습니다.

바이링궐 에디션 한국 대표 소설

한국문학의 가장 중요하고 첨예한 문제의식을 가진 작가들의 대표작을 주제별로 선정!
하버드 한국학 연구원 및 세계 각국의 한국문학 전문 번역진이 참여한 번역 시리즈!
미국 하버드대학교와 컬럼비아대학교 동아시아학과, 캐나다 브리티시컬럼비아대학교 아시아
학과 등 해외 대학에서 교재로 채택!

바이링궐 에디션 한국 대표 소설 set 1

분단 Division

01 병신과 머저리-**이청준** The Wounded-**Yi Cheong-jun**
02 어둠의 혼-**김원일** Soul of Darkness-**Kim Won-il**
03 순이삼촌-**현기영** Sun-i Samch'on-**Hyun Ki-young**
04 엄마의 말뚝 1-**박완서** Mother's Stake I-**Park Wan-suh**
05 유형의 땅-**조정래** The Land of the Banished-**Jo Jung-rae**

산업화 Industrialization

06 무진기행-**김승옥** Record of a Journey to Mujin-**Kim Seung-ok**
07 삼포 가는 길-**황석영** The Road to Sampo-**Hwang Sok-yong**
08 아홉 켤레의 구두로 남은 사내-**윤흥길** The Man Who Was Left as Nine Pairs of Shoes-**Yun Heung-gil**
09 돌아온 우리의 친구-**신상웅** Our Friend's Homecoming-**Shin Sang-ung**
10 원미동 시인-**양귀자** The Poet of Wŏnmi-dong-**Yang Kwi-ja**

여성 Women

11 중국인 거리-**오정희** Chinatown-**Oh Jung-hee**
12 풍금이 있던 자리-**신경숙** The Place Where the Harmonium Was-**Shin Kyung-sook**
13 하나코는 없다-**최윤** The Last of Hanak'o-**Ch'oe Yun**
14 인간에 대한 예의-**공지영** Human Decency-**Gong Ji-young**
15 빈처-**은희경** Poor Man's Wife-**Eun Hee-kyung**

바이링궐 에디션 한국 대표 소설 set 2

자유 Liberty

16 필론의 돼지-**이문열** Pilon's Pig-**Yi Mun-yol**
17 슬로우 불릿-**이대환** Slow Bullet-**Lee Dae-hwan**
18 직선과 독가스-**임철우** Straight Lines and Poison Gas-**Lim Chul-woo**
19 깃발-**홍희담** The Flag-**Hong Hee-dam**
20 새벽 출정-**방현석** Off to Battle at Dawn-**Bang Hyeon-seok**

사랑과 연애 Love and Love Affairs

21 별을 사랑하는 마음으로-윤후명 With the Love for the Stars-Yun Hu-myong

22 목련공원-이승우 Magnolia Park-Lee Seung-u

23 칼에 찔린 자국-김인숙 Stab-Kim In-suk

24 회복하는 인간-한강 Convalescence-Han Kang

25 트렁크-정이현 In the Trunk-Jeong Yi-hyun

남과 북 South and North

26 판문점-이호철 Panmunjom-Yi Ho-chol

27 수난 이대-하근찬 The Suffering of Two Generations-Ha Geun-chan

28 분지-남정현 Land of Excrement-Nam Jung-hyun

29 봄 실상사-정도상 Spring at Silsangsa Temple-Jeong Do-sang

30 은행나무 사랑-김하기 Gingko Love-Kim Ha-kee

바이링궐 에디션 한국 대표 소설 set 3

서울 Seoul

31 눈사람 속의 검은 항아리-김소진 The Dark Jar within the Snowman-Kim So-jin

32 오후, 가로지르다-하성란 Traversing Afternoon-Ha Seong-nan

33 나는 봉천동에 산다-조경란 I Live in Bongcheon-dong-Jo Kyung-ran

34 그렇습니까? 기린입니다-박민규 Is That So? I'm A Giraffe-Park Min-gyu

35 성탄특선-김애란 Christmas Specials-Kim Ae-ran

전통 Tradition

36 무자년의 가을 사흘-서정인 Three Days of Autumn, 1948-Su Jung-in

37 유자소전-이문구 A Brief Biography of Yuja-Yi Mun-gu

38 향기로운 우물 이야기-박범신 The Fragrant Well-Park Bum-shin

39 월행-송기원 A Journey under the Moonlight-Song Ki-won

40 협죽도 그늘 아래-성석제 In the Shade of the Oleander-Song Sok-ze

아방가르드 Avant-garde

41 아겔다마-박상륭 Akeldama-Park Sang-ryoong

42 내 영혼의 우물-최인석 A Well in My Soul-Choi In-seok

43 당신에 대해서-이인성 On You-Yi In-seong

44 회색 時-배수아 Time In Gray-Bae Su-ah

45 브라운 부인-정영문 Mrs. Brown-Jung Young-moon

바이링궐 에디션 한국 대표 소설 set 4

디아스포라 Diaspora

46 속옷-**김남일** Underwear-**Kim Nam-il**
47 상하이에 두고 온 사람들-**공선옥** People I Left in Shanghai-**Gong Sun-ok**
48 모두에게 복된 새해-**김연수** Happy New Year to Everyone-**Kim Yeon-su**
49 코끼리-**김재영** The Elephant-**Kim Jae-young**
50 먼지별-**이경** Dust Star-**Lee Kyung**

가족 Family

51 혜자의 눈꽃-**천승세** Hye-ja's Snow-Flowers-**Chun Seung-sei**
52 아베의 가족-**전상국** Ahbe's Family-**Jeon Sang-guk**
53 문 앞에서-**이동하** Outside the Door-**Lee Dong-ha**
54 그리고, 축제-**이혜경** And Then the Festival-**Lee Hye-kyung**
55 봄밤-**권여선** Spring Night-**Kwon Yeo-sun**

유머 Humor

56 오늘의 운세-**한창훈** Today's Fortune-**Han Chang-hoon**
57 새-**전성태** Bird-**Jeon Sung-tae**
58 밀수록 다시 가까워지는-**이기호** So Far, and Yet So Near-**Lee Ki-ho**
59 유리방패-**김중혁** The Glass Shield-**Kim Jung-hyuk**
60 전당포를 찾아서-**김종광** The Pawnshop Chase-**Kim Chong-kwang**

바이링궐 에디션 한국 대표 소설 set 5

관계 Relationship

61 도둑견습 – **김주영** Robbery Training-**Kim Joo-young**
62 사랑하라, 희망 없이 – **윤영수** Love, Hopelessly-**Yun Young-su**
63 봄날 오후, 과부 셋 – **정지아** Spring Afternoon, Three Widows-**Jeong Ji-a**
64 유턴 지점에 보물지도를 묻다 – **윤성희** Burying a Treasure Map at the U-turn-**Yoon Sung-hee**
65 쁘이거나 쯔이거나 – **백가흠** Puy, Thuy, Whatever-**Paik Ga-huim**

일상의 발견 Discovering Everyday Life

66 나는 음식이다 – **오수연** I Am Food-**Oh Soo-yeon**
67 트럭 – **강영숙** Truck-**Kang Young-sook**
68 통조림 공장 – **편혜영** The Canning Factory-**Pyun Hye-young**
69 꽃 – **부희령** Flowers-**Pu Hee-ryoung**
70 피의일요일 – **윤이형** BloodySunday-**Yun I-hyeong**

금기와 욕망 Taboo and Desire

71 북소리 - 송영 Drumbeat-Song Yong

72 발칸의 장미를 내게 주었네 - 정미경 He Gave Me Roses of the Balkans-Jung Mi-kyung

73 아무도 돌아오지 않는 밤 - 김숨 The Night Nobody Returns Home-Kim Soom

74 젓가락여자 - 천운영 Chopstick Woman-Cheon Un-yeong

75 아직 일어나지 않은 일 - 김미월 What Has Yet to Happen-Kim Mi-wol

바이링궐 에디션 한국 대표 소설 set 6

운명 Fate

76 언니를 놓치다 - 이경자 Losing a Sister-Lee Kyung-ja

77 아들 - 윤정모 Father and Son-Yoon Jung-mo

78 명두 - 구효서 Relics-Ku Hyo-seo

79 모독 - 조세희 Insult-Cho Se-hui

80 화요일의 강 - 손홍규 Tuesday River-Son Hong-gyu

미의 사제들 Aesthetic Priests

81 고수 - 이외수 Grand Master-Lee Oisoo

82 말을 찾아서 - 이순원 Looking for a Horse-Lee Soon-won

83 상춘곡 - 윤대녕 Song of Everlasting Spring-Youn Dae-nyeong

84 삭매와 자미 - 김별아 Sakmae and Jami-Kim Byeol-ah

85 저만치 혼자서 - 김훈 Alone Over There-Kim Hoon

식민지의 벌거벗은 자들 The Naked in the Colony

86 감자 - 김동인 Potatoes-Kim Tong-in

87 운수 좋은 날 - 현진건 A Lucky Day-Hyŏn Chin'gŏn

88 탈출기 - 최서해 Escape-Ch'oe So-hae

89 과도기 - 한설야 Transition-Han Seol-ya

90 지하촌 - 강경애 The Underground Village-Kang Kyŏng-ae

바이링궐 에디션 한국 대표 소설 set 7

백치가 된 식민지 지식인 Colonial Intellectuals Turned "Idiots"

91 날개 - 이상 Wings-Yi Sang

92 김 강사와 T 교수 - 유진오 Lecturer Kim and Professor T-Chin-O Yu

93 소설가 구보씨의 일일 - 박태원 A Day in the Life of Kubo the Novelist-Pak Taewon

94 비 오는 길 - 최명익 Walking in the Rain-Ch'oe Myŏngik

95 빛 속에 - 김사량 Into the Light-Kim Sa-ryang

한국의 잃어버린 얼굴 Traditional Korea's Lost Faces

96 봄·봄 – 김유정 Spring, Spring-Kim Yu-jeong

97 벙어리 삼룡이 – 나도향 Samnyong the Mute-Na Tohyang

98 달밤 – 이태준 An Idiot's Delight-Yi T'ae-jun

99 사랑손님과 어머니 – 주요섭 Mama and the Boarder-Chu Yo-sup

100 갯마을 – 오영수 Seaside Village-Oh Yeongsu

해방 전후(前後) Before and After Liberation

101 소망 – 채만식 Juvesenility-Ch'ae Man-Sik

102 두 파산 – 염상섭 Two Bankruptcies-Yom Sang-Seop

103 풀잎 – 이효석 Leaves of Grass-Lee Hyo-seok

104 맥 – 김남천 Barley-Kim Namch'on

105 꺼삐딴 리 – 전광용 Kapitan Ri-Chŏn Kwangyong

전후(戰後) Korea After the Korean War

106 소나기 – 황순원 The Cloudburst-Hwang Sun-Won

107 등신불 – 김동리 Tŭngsin-bul-Kim Tong-ni

108 요한 시집 – 장용학 The Poetry of John-Chang Yong-hak

109 비 오는 날 – 손창섭 Rainy Days-Son Chang-sop

110 오발탄 – 이범선 A Stray Bullet-Lee Beomseon

최근에 발표된 단편소설 중 가장 우수하고 흥미로운 작품을 엄선하여 출간하는 〈K-픽션〉은 한국문학의 생생한 현장을 국내외 독자들과 실시간으로 공유하고자 기획되었습니다. 원작의 재미와 품격을 최대한 살린 〈K-픽션〉 시리즈는 매 계절마다 새로운 작품을 선보입니다.

001 버핏과의 저녁 식사-**박민규** Dinner with Buffett-Park Min-gyu

002 아르판-**박형서** Arpan-Park hyoung su

003 애드벌룬-**손보미** Hot Air Balloon-Son Bo-mi

004 나의 클린트 이스트우드-**오한기** My Clint Eastwood-Oh Han-ki

005 이베리아의 전갈-**최민우** Dishonored-Choi Min-woo

006 양의 미래-**황정은** Kong`s Garden-Hwang Jung-eun

007 대니-**윤이형** Danny-Yun I-hyeong

008 퇴근-**천명관** Homecoming-Cheon Myeong-kwan

009 옥화-**금희** Ok-hwa-Geum Hee

010 시차-**백수린** Time Difference-Baik Sou linne

011 올드 맨 리버-**이장욱** Old Man River-Lee Jang-wook

012 권순찬과 착한 사람들-**이기호** Kwon Sun-chan and Nice People-Lee Ki-ho

013 알바생 자르기-**장강명** Fired-Chang Kangmyoung

014 어디로 가고 싶으신가요-**김애란** Where Would You Like To Go?-Kim Ae-ran

015 세상에서 가장 비싼 소설-**김민정** The World`s Most Expensive Novel-Kim Min-jung

016 체스의 모든 것-**김금희** Everything About Chess-Kim Keum-hee

017 할로윈-**정한아** Halloween-Chung Han-ah

018 그 여름-**최은영** The Summer-Choi Eunyoung

019 어느 피씨주의자의 종생기-**구병모** The Story of P.C.-Gu Byeong-mo

020 모르는 영역-**권여선** An Unknown Realm-Kwon Yeo-sun

021 4월의 눈-**손원평** April Snow-Sohn Won-pyung

022 서우-**강화길** Seo-u-Kang Hwa-gil

023 가출-**조남주** Run Away-Cho Nam-joo

024 연애의 감정학-**백영옥** How to Break Up Like a Winner-Baek Young-ok

025 창모-**우다영** Chang-mo-Woo Da-young

026 검은 방-**정지아** The Black Room-Jeong Ji-a

027 도쿄의 마야-**장류진** Maya in Tokyo-Jang Ryu-jin

028 홀리데이 홈-**편혜영** Holiday Home-Pyun Hye-young

029 해피 투게더-**서장원** Happy Together-Seo Jang-won

030 골드러시-**서수진** Gold Rush-Seo Su-jin